· 小柏拉图的哲学故事 ·

小柏拉图在悖论的国度

[意]埃米利亚诺·迪·马可　著　[意]马西莫·巴奇尼　绘

王梓昂　虞奕聪　译

海豚出版社
DOLPHIN BOOKS
CIPG
中国国际出版集团

图书在版编目（CIP）数据

小柏拉图的哲学故事. 小柏拉图在悖论的国度 /
(意) 埃米利亚诺·迪·马可著 ;(意) 马西莫·巴奇尼
绘 ; 王梓昂, 虞奕聪译. -- 北京 : 海豚出版社,
2021.3
ISBN 978-7-5110-5147-9

Ⅰ . ①小… Ⅱ . ①埃… ②马… ③王… ④虞… Ⅲ .
①儿童故事 – 图画故事 – 意大利 – 现代 Ⅳ. ①I546.85

中国版本图书馆CIP数据核字(2020)第263429号

著作权合同登记号：图字01-2020-7159

Original title：
Texts by Emiliano Di Marco
Illustrations by Massimo Bacchini
Copyright © (year of the original publication) La Nuova Frontiera
The Simplified Chinese is published in arrangement through Niu Niu Culture.

小柏拉图的哲学故事 小柏拉图在悖论的国度

［意］埃米利亚诺·迪·马可 著　［意］马西莫·巴奇尼 绘　王梓昂 虞奕聪 译

出 版 人	王　磊
策　　划	田鑫鑫
责任编辑	张　镛
装帧设计	杨西霞
责任印制	于浩杰　蔡　丽
法律顾问	中咨律师事务所　殷斌律师
出　　版	海豚出版社
地　　址	北京市西城区百万庄大街24号
邮　　编	100037
电　　话	010-68325006（销售）　010-68996147（总编室）
印　　刷	北京金特印刷有限责任公司
经　　销	新华书店及网络书店
开　　本	680mm×960mm　1/16
印　　张	24（全八册）
字　　数	322千字（全八册）
印　　数	5000
版　　次	2021年3月第1版　2021年3月第1次印刷
标准书号	ISBN 978-7-5110-5147-9
定　　价	158.00元（全八册）

著　者：埃米利亚诺·迪·马可

他出生在意大利的托斯卡纳，说话也是托斯卡纳口音；他既是哲学方面的专家，又是佛罗伦萨大牛排的专家。从小，他就常给大人们写故事；现在，他长大了，决定给小朋友们也写一些故事。

插画师：马西莫·巴奇尼

他兴趣广泛，有许多爱好，比如写作、画画、登山、潜水。在艺术和创作上，他和没那么爱运动的埃米利亚诺·迪·马可是合作多年的伙伴。这是他第一次给儿童读物画插图。我们希望他能继续画下去，因为他的画非常棒！

这个故事发生在很久很久以前，那时候，在古希腊住着一群富有想象力和创造力的人。这群人头脑灵活，且全部是海员，时不时喜欢扯扯谎、吹吹牛。他们嘴里，总能说出许多有趣的故事。当然啦，现在的水手们要低调许多，但在那个时候，情况可是相当糟糕：哪怕只是看到了一条安静游动的小鱼，回到港口，他们也会添油加醋地说自己和一头有着七个脑袋、二十条胳膊的海怪搏斗。

　　也许就是因为这样，很多希腊人才提出了一大堆问题，比如"什么是事实""什么是谎言""怎样分辨真假"。

1

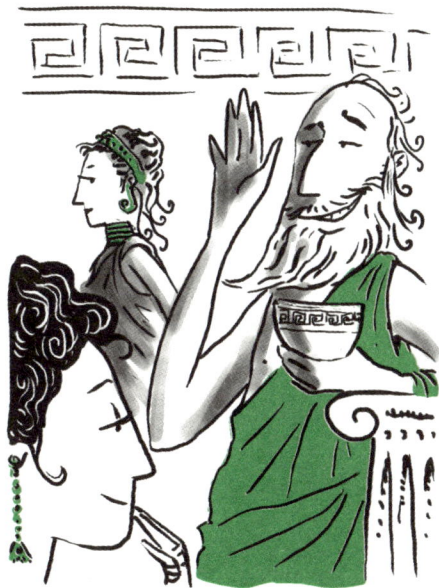

这些疑问激起了大家极大的思考热情，许多人一心扑在问题上，茶不思、饭不想。就这样，一个有些奇特的"新兴职业"诞生了：这些从早到晚除了闷头思考什么也不干的人，被称为哲学家。

哲学家这种职业不仅受人尊敬，还令人十分向往。大概是因为，他们总是受邀参加一些庆典和宴会，并且总的来说，他们看起来就像是"吃闲饭"的。

然而，想成为一名优秀的哲学家，既困难又费时，需要从小就开始学习，不断练习，思考十分困难的问题。

在无数想成为哲学家的孩子中，有个孩子叫亚里斯多克勒斯，不过大家都叫他"柏拉图"（意思是又宽又大），因为他的肩膀既宽大又结实。他的梦想就是寻找真理，而他清楚地知道，这需要一位出色的老师。

为了找到这样一位老师，柏拉图经历了许多冒险。最后，他跑去向一位天神求助，终于找到了当时希腊最好的老师——一个非常智慧的人，名叫苏格拉底。

不过，这个苏格拉底有些古怪。他非常喜欢睡觉，讨厌一切自以为是的人。为了让自己在传授别人观念和看法时，不显得是在卖弄，他会用问题来回答学生的问题。

柏拉图是个十分聪明的孩子，心中充满了对智慧和真理的渴求。但他同时又缺乏耐心，好奇心过剩，而且爱惹麻烦。他知道苏格拉底是世界上最好的老师，但也时常对老师的问题感到不耐烦。他有时会想，如果苏格拉底能不拐弯抹角，而是直白地向他传授知识，那该多好。他们的故事，就在这样的一天再次开始。

一天，柏拉图和苏格拉底像往常一样，在树林边上散步。天气越来越热，快到吃午饭的时间了，但苏格拉底丝毫没有察觉，仍在滔滔不绝地讲着。

柏拉图忍不住说："老师，我可以问您一个问题吗？"

"你说。"苏格拉底说道。他已经预感到麻烦要来了。

"为什么你总是要我来回答问题？为什么不直接把你知道的告诉我呢？"

作为一名很有耐心的老师，苏格拉底忍住了敲柏拉图脑瓜的冲动，而是试着给他讲道理：

"你告诉我，你想让我给你讲什么？"

"看吧，又是一个问题。"柏拉图脑海中的小声音说。

"真理，"他回答苏格拉底，"我就是为了这个才跟随您学习的。"

"你的问题太简单了，你可以自己想出来……"

"又来了！"小声音说。

"……既然你这么想听我讲，那我就给你讲讲关于真理的惊天大秘密。你准备好了吗？"

"我当然准备好了！"柏拉图迫不及待地喊道。

"关于真理的秘密——就是没人知道什么是真理，就算是我，也不知道。这就是为什么我没法把它教给你。"

柏拉图失望极了，他肯定，老师是在捉弄他。

"这怎么可能？那我又是为了什么而学习呢？"

"为了不再说这样的傻话。"

听到这个回答，柏拉图不高兴地噘起了嘴。苏格拉底察觉到了他的不满，开始试着引导他思考："你看，通向真理的道路又长又难走。这么长的路，一辈子也走不完。"

"或许是没有人足够聪明。"柏拉图固执地说道。

"你应该知道，很多人都比你我聪明，但他们都因为急于求成而失败了。为了找到答案，首先需要弄清楚，什么是正确的问题。很多人都能找到正确的答案，但这没什么用，因为他们问错了问题。"

柏拉图没有说话，因为他现在仍然坚信他的老师知道些什么，但就是不告诉他。苏格拉底知道现在不是坚持争论的时候，看到前面是一片郁郁葱葱的小树林，他有了个主意。

"好吧，我知道你有点累了，可能也在太阳下晒了太久。我们到那棵树下休息休息吧，或许过一会儿，我们就有更清晰的想法了。"

没等柏拉图回答，苏格拉底已经躺在树下，像睡鼠一样打起了呼噜。

柏拉图被晾在了树林里，怒火渐渐平息，他开始感到十分疲倦。在他的脑海中，小声音向他提议："你也休息一会儿吧。怎么，难道你怕真理会因为你睡了半个钟头而跑掉不成？"

柏拉图考虑了一会儿，觉得有道理，而且他也知道，苏格拉底要是睡着了，就算是众神出马也叫不醒他。

于是柏拉图也躺了下来，很快进入了梦乡。这一次，他知道了，人们有时会做十分奇怪而清晰的梦。正是命运安排他在小树林做了这样的梦。

当柏拉图再次睁开眼时，他的老师已经"消失"了。

柏拉图觉得十分不可思议，因为苏格拉底从没做过这样的事。

还不等柏拉图弄明白发生了什么，他就听到灌木丛中传来嘈杂的响动。他回过身，看到一个英俊、高大又强壮的人，发疯一般地奔跑着，就像身后有头凶恶的怪物在追赶他。

柏拉图定睛细看，没发现有什么在后面追他。于是，他打算问问这位先生，为什么跑得这样急。

"你可以追上去问问，"小声音说，"或许，他还能告诉你这是哪里，还有苏格拉底去了什么地方。"

柏拉图向那个人跑去，但他跑得实在是太快了，想要追上他并不容易。

"先生！先生！"柏拉图喘着粗气，大声叫了起来。

"不好意思，孩子，但我不能停下来。"那人回答说，呼吸比柏拉图更急促。

"抱歉，我迷路了。请问您看到我的老师了吗？"柏拉图试图跟上他的步伐。

"除了你和那只该死的乌龟，我谁都没看到。"那人抬起手，指向他们前方地面，那里有一只正在缓慢爬行的动物。奇怪的是，不管他们俩怎样努力奔跑，都无法缩短他们与乌龟之间的距离，哪怕是一毫米。他们又坚持了一小会儿，那人吐着舌头，脸涨得通红，终于重重地倒在了地上。

"天啊！您还好吗？"柏拉图惊叫。

"你别担心，他已经习惯了。而且瞧你说的，他的身体可是刀枪不入，没有什么东西能伤得到他。"乌龟说。

听到乌龟开口说话，柏拉图惊讶地睁大了眼睛，以为自己疯了。

"哎，你看什么看啊？"乌龟有点儿不高兴地说道。

"你……你会说话？"

"我可不像你，我才不轻易开口。"乌龟说。

怪事太多了。先是苏格拉底的消失，然后是飞速奔跑的人，现在又出现了会说话的乌龟。柏拉图感到脑子里一团乱麻，于是他坐了下来，想理清思绪。

与此同时，那位一直气喘吁吁的先生试图重新站起来。柏拉图打算帮他一把，但那人摆了摆手，制止了他："让小孩子帮我？想都别想！你知道我是谁吗？"

"一个应该停止追我的人。"乌龟说。

那人假装没听见，继续说："我叫阿喀琉斯，又被称作'飞毛腿'，我是整个希腊乃至周边各国中，最勇敢的英雄！"

柏拉图又一次惊讶得睁大了眼睛，张大了嘴巴。阿喀琉斯确实是一个大英雄，他可以称得上是有史以来最强壮的战士，是全希腊孩子们的偶像。他的母亲是女神忒提丝，她赋予了自己的儿子比任何凡人都更胜一筹的相貌、体魄和勇气。忒提丝和今天的妈妈们一样，也为儿子操碎了心。为了让自己放心，她将小阿喀琉斯浸泡在一条有魔力的河里，使他刀枪不入。为了防止他淹死，忒提丝提着他的一只脚后跟，于是，那只没有浸在水中的脚后跟，就成了阿喀琉斯身上唯一的弱点。这，就是著名的"阿喀琉斯之踵"。事实上，阿喀琉斯还有一个弱点：他不是很聪明，脾气还很坏，总和别人吵架。但是，要是真的打起架来，谁也打不过他。而且，他跑得飞快。

比如他睡前吹灭蜡烛，在蜡烛彻底熄灭之前，他就能钻进被窝。有着这样的天赋，所有的大诗人都歌颂他的丰功伟绩，其中最具代表性的就是荷马。

柏拉图不敢相信，自己竟然遇到了这样一位历史名人，在好奇心的驱使下，他有一大堆问题想要问阿喀琉斯。

"你真的是阿喀琉斯？那个大英雄？"

"正是本人，小朋友。现在，你有幸见证我完成我最伟大的事业。"

"追赶一只乌龟？"柏拉图有些疑惑。

"完全正确，孩子。你要知道，我一直绕着树林奔跑，直到有一刻，我忽然想要一片龟壳。我看到了这该死的畜生，于是就开始追赶它。但我向你保证，根本没有办法能抓到它。"

"或许，它身上有诅咒？"柏拉图试着猜道。

"什么诅咒不诅咒的！就是个最最简单的道理，我跟他讲了无数遍，他就是不信。"乌龟说。

听到这句话，飞毛腿阿喀琉斯又发火了，着了魔似的边跑边喊："别以为说几句话就能放你走，你这该死的四脚兽！"

然而，不管他怎么追，就是没办法追上乌龟。过了一会儿，阿喀琉斯又一次筋疲力尽地倒在了地上。

"这怎么可能？"柏拉图问道。

"我来告诉你吧，非常简单，我两句话就能给你解释明白。"乌龟气定神闲地说，"小朋友，阿喀琉斯比我快得多，如果我不动，他就能追上我。但我们相距两步，他向前迈一步，同时，我也向前迈一小步，对吧？"

"嗯，对啊。"柏拉图点头。

"很好，那么现在，他还是没追上我，因为我仍然领先一点。这时，他想要追上我的话，就要再向前一小步，没错吧？"

"没错。"柏拉图说。

"非常好。现在，如果他想迈出一步，首先就要迈出半步。与此同时，我也会向前迈出小小的半步，没错吧？"

"没错。"柏拉图略加思索，说道。

"那么，即使阿喀琉斯比我快很多，他在迈出半步前也还得迈出半步的半步。而同时，我也迈出半步的半步，他还是抓不到我，我仍然领先一点点。简而言之，你知道他什么时候可以追上我吗？当他找到一段无法继续被分成两半的距离为止。"

这一次，柏拉图陷入了沉思。但不管他怎么想，都想不出一个数字可以足够小，小到没办法继续被分成两半。

这时，阿喀琉斯再次起身，更加愤怒地大喊："总是这几句话！但我们早晚会用完所有的数字，不是吗？"

柏拉图明白了，问题就出在这里——

没有哪个数字比其他所有的数都小，小到不可再分，因为数字是无限多的。虽然难以置信，但他和脑海中的小声音只好承认："无法被分成两半的距离是不存在的！"

　　"这就是那个蠢货永远无法追上我的原因。你看，根本不存在什么诅咒。"乌龟平静地说。同时，阿喀琉斯第三次重重地摔在地上。

　　柏拉图反复琢磨，不得不承认乌龟的推理无懈可击。道理很简单，而且是正确的，但要说一个跑得最快的人竟追不上一只乌龟，实在让人不好接受。

　　"我到底是在什么地方？"柏拉图疑惑地问道。

　　"这里是悖论的国度，位于逻辑王国的边境，这里守卫着真理的秘密。"

　　听到这句话，柏拉图的耳朵一下就竖了起来。

　　"你是说，你知道真理的秘密？完完整整、全部的真理吗？"

　　"我知道怎样找到真理。如果你愿意，我可以陪你走一程。但我警告你，这是一条漫长又危险的道路，沿途还有致命的陷阱。"

对于柏拉图来说，没有什么危险能阻止他寻找真理，他一定要到达那个从没有人到达过的地方。于是，他十分激动地回答道："请你把我带向真理吧！"

于是，柏拉图和乌龟一起走向树林。同时，他们身后的阿喀琉斯，还在一遍遍爬起来，奔跑，又摔倒，筋疲力尽，可就是追不上他们两个。

"他可真是顽固。"柏拉图说。

"不，他只是蠢。"乌龟说。

"这'逻辑'到底是什么呢？"

"它们是推理的法则。只要遵循这些法则，通过正确的推理就能得出正确的结论。"乌龟解释道。

"这么说，找到真理岂不是很简单？只要遵循这些法则就行了。"

"并不是的，孩子。这同后面那位超级帅哥怎么跑也追不上我的原因一样。如果你知道一段推理是正确的，你就能得出一个真理，那么你又怎么证明，那段作为起点的推理是正确的呢？"

"我想，是通过另外一段推理。"

"很棒。那这另外一段推理，你又怎么知道它是正确的呢？"

"再通过另一段推理？"

"没错。这样下去无穷无尽，直到你找到一个即使不需要证明，也是真实而正确的东西。而这，就是真正的'真理'。但现在，还没有人能找到它。而且，仅仅靠'逻辑'，你永远也找不到它。"

这个时候，他们来到了一个奇怪的地方，到处都是歪歪扭扭的树木，光是看着，就让人心里发毛。柏拉图环顾四周，听到小声音对他说：

"我觉得我们又遇到麻烦了。"像是要证实他们的恐惧，两个奇异至极的生物突然出现在了他们面前。它们有着人的脑袋和乌鸦的身子，奸笑着，看起来十分邪恶。

“它们是谁？”柏拉图有些担心地问。

“我们的名字是科拉切和提西亚，我们是奸诈的诡辩家。”块头比较大的科拉切说。

“是的！嘻嘻，诡辩家！嘻嘻嘻……”另一个附和道。

“它们是在你追寻真理的道路上，需要面对的最初的守卫。”乌龟解释道，“你要小心，它们很危险。”

“这两只大鸟很危险？”刚从地上爬起来的阿喀琉斯说，“别说笑了！等我五分钟拔光它们的毛，再回来剥了你的壳！”

他趾高气扬地接近了那两只怪物，嚷嚷着：“现在就让我们决一死战吧，怪物们！”

“怪物们？听听，这是哪个长角的人在说话？”科拉切不屑地问道。

"角？我可没长角。"阿喀琉斯有点疑惑。科拉切微微一笑。

"请允许我反驳。你没有失去的东西，就是你所拥有的东西，对吧？"

"当然。"伟大的战士答道。

"很好，你弄丢过你的角吗？"

"当然没有。"

"那么你现在自然有角！"

科拉切话音刚落，阿喀琉斯的头上就冒出了一对又长又尖的角。看到这位希腊最勇敢的英雄脸上的表情，柏拉图实在忍不住了，哈哈大笑起来。

"你笑什么，小朋友？"科拉切说，"你觉得长条尾巴很好看吗？"

"啊，这下不妙了。"柏拉图脑海中的小声音说道。同时，柏拉图止住了笑，开始思考该怎么回答。

"你绝不会跟我说，你丢了你的尾巴，对吧？"科拉切逼问道。

"啊，没有，但是……"

"那么你现在就有尾巴！"

一眨眼的工夫，柏拉图就长出了一条长长的尾巴。

"天哪！求求你，乌龟，帮帮我！"柏拉图恳求道。

"我警告过你这很危险，现在你得自己应付。我不能帮你。"乌龟慢悠悠地答道。

"谁都帮不了你！"科拉切接着说道，"你看到你身后那棵杨树了吗？那是一位几何学家！"说着，指向一棵歪歪扭扭的树。

"我看那不像是杨树。"柏拉图说道。即使长了尾巴，他也仍然对细节很较真。

"几何学家当然没有杨树那么高。而你身上这一身毛，倒是很像只猴子！"

柏拉图发现自己从头到脚都被一层毛发覆盖着。

这可是个大麻烦，要怎么向父母解释自己外出跟哲学家学习，却变成了一只猴子？他决定，得做点什么。

"赶快解决这件事！我可不想给一个整天在树上上蹿下跳的家伙出主意！"小声音催促着。

柏拉图没有再向乌龟求助，他回想着乌龟刚刚跟自己说的话，回想法则和事实，回想只有从基于事实的推论出发才能到达事实。

"如果你不是只猴子，那就意味着要么法则错了，要么那两只大鸟的推理错了！"小声音说道。

灵光一闪，柏拉图明白了其中的诡计，他坚定地对科拉切说："我既没有尾巴，也没有毛发！"

科拉切回答："怎么会没有呢？你没有失去的一切东西，都是你所拥有的东西，而你没有失去你的尾巴和毛发。"

　　"是的！嘻嘻，尾巴和毛发！嘻嘻嘻……"提西亚在一旁添油加醋道。

　　"没错，但关键在于，我从没拥有过尾巴，所以根本不可能失去它！'我已经拥有的，而且没有失去的一切东西，都是我所拥有的东西。'这才是正确的说法！"

　　话音一落，柏拉图立刻恢复了正常，两只怪物嘎嘎叫着飞走了，小声音也在欢呼着。柏拉图为自己的成功感到十分骄傲，他向阿喀琉斯走去。可是，顺着视线，他却看到了一头庞大的母牛，正在吃草。

　　"阿喀琉斯？是你吗？"

　　"哞，是的，"母牛答道，"我终于打败那两个家伙了。"

　　"但你不是一头母牛啊！"

　　"我之前也是这么想的，因为我从没有注意到我长了角，长了尾巴，还能产奶。跟你说吧，我已经厌倦了当英雄。"阿喀琉斯挠了挠脖颈。柏拉图这才发现，他的手脚还是人类的样子。

　　"那这是什么？我可不觉得母牛的蹄子是这样的。"他尽可能礼貌地指了出来。

"还真是，"母牛点点头，"不过，有一次我去海边，失去了我的蹄子。既然现在你让我发现了这一点，或许我跳一跳就能再找到它们。"

阿喀琉斯摆摆尾巴，向柏拉图和乌龟道别，随后转身离开了。

"你看，如果'逻辑'被用来欺骗傻瓜，那它就非常危险。这就是为什么应该像我一样，一步一步，小心地使用它。"乌龟看着远去的阿喀琉斯说道。

"但是我设法通过了考验。"柏拉图骄傲地说。

"你别骄傲得太早，诡辩家都是江湖骗子，专用错误的推理来捉弄傻瓜。面对他们，稍加推论就可以。但是，下一个守卫会更加危险，不会那么容易被你打败。"

乌龟再次开始前行，并示意柏拉图跟上他。

　　柏拉图开始变得忧心忡忡，他问乌龟下一个守卫会是什么样的。

　　"或许，是长着狮子的头，龙的身体，蝎子的尾巴；或者有着鲨鱼的脑袋和螃蟹的巨钳……"小声音这样猜想着。

　　"或许，你该闭嘴。"柏拉图有点烦躁不安地说。

　　走着走着，他们来到了一面巨墙前，墙上是一扇巨大的门，上面雕刻有许多可怕的生物，门上面写着：小心怪物。

　　乌龟指着大门，说道："想要找到真理，你必须通过这扇大门，并击败里面的守卫。"

　　柏拉图一点儿也不喜欢那行字，他问乌龟："真的没有别的路了吗？"

　　"没有。"乌龟答道。

　　"我必须过去吗？"

"没人强迫你，但你要是想找到真理，就别无选择。我帮不了你，众所周知，乌龟不会开门。"

"就算你在这里回头，也没人会怪你的。"小声音说道。

柏拉图明白，和那只乌龟已经没什么好商量的了。与其浪费时间聊天，不如节省时间来开门。幸好柏拉图十分强壮，他用尽全身的力气，终于推开了这扇无比沉重的大门。

穿过大门后，柏拉图发现，自己来到了一间黑漆漆的大厅里，大厅很大，甚至能听到自己脚步的回声。他表情僵硬，像犯了大错一样，呆立在门口。而小声音确信开门是个错误，还在一遍遍念叨："……海狸的耳朵，蛇的鳞片，老虎的爪子，猫的眼睛……"

一个不可思议的生物出现在了我们的小英雄和乌龟面前。他有着人的脑袋、人的身子以及人的腿。总之，这是一个正常得不能再正常的人，他步履迟缓地走来。这是柏拉图怎么也没想到的事情。

"就他一个？"小声音说。

"我没跟你说话。"柏拉图有点开心地想。他转过头问乌龟："这就是守卫？"

乌龟严肃地点了点头。柏拉图面向守卫，有点迟疑地打了个招呼，十分礼貌地问道："您好，我是来寻找'真理'的，请问我可以通过吗？"

"当然，请便！"那人礼貌地回应。

柏拉图谢过他，继续向前走。他觉得，事情可能没有这么简单。当他走近那个人时，那人突然抓住了他的上衣，丝毫没有客气，把他从地上拎起，从房间里扔了出来，正好扔在乌龟身边。

"怎么这么粗鲁！"缓过神来后，柏拉图埋怨道。

乌龟见怪不怪地说："那是克里特岛人，埃庇米尼得斯。你要知道在克里特岛有很多海员，他们都很爱说谎，其中埃庇米尼得斯是最大的说谎精。"

"这是谎言。" 埃庇米尼得斯得意地笑着说。

"看到了吗？"乌龟说，"他又说了一个谎。"

柏拉图站起来，掸了掸衣服。

"那我该怎么做？"

"如果你想过去，你必须让他说真话。"

这时，柏拉图想起了阿喀琉斯，和他那一身令人安心的肌肉。

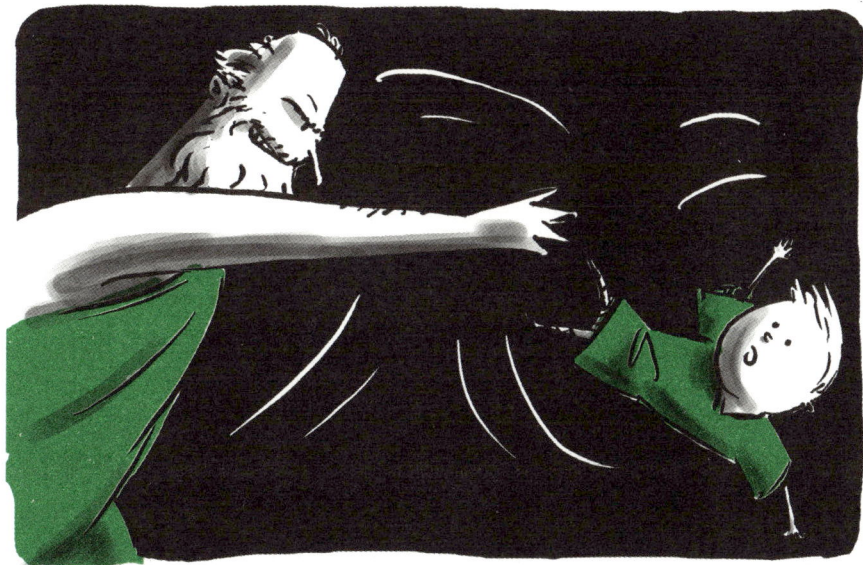

虽然埃庇米尼得斯不是怪物，但也不能用武力说服他。如果想要通过，就得想出一个好主意。于是，柏拉图打算和他聊一聊。

"你是守卫吗？"

"不，我是来自傻瓜山的公主。我的父亲是个有四条边的三角形，

他还是已婚又单身协会的主席。我的母亲是一个球的一角，她是个男人。"

简直是无稽之谈，这位埃庇米尼得斯大概是个硬茬子，柏拉图想。这时，小声音灵机一动："你试试贿赂他！"柏拉图掏遍全身的口袋，说道："这是我身上所有的钱，你看够不够让我通过？"

"当然。"不等柏拉图合上双手，埃庇米尼得斯就将他两个月的零花钱变没了。柏拉图瞬间明白，自己又干了一件蠢事。

几个钟头之后，我们的小英雄口干舌燥，头昏脑涨，但就是无法前进半步。更重要的是，他再也无法忍受埃庇米尼得斯的那些假话，而埃庇米尼得斯现在正大谈自己如何用一只耳朵举着自己，翻过一面墙。

"要不……"小声音说，"你试着让他说说他自己？"

柏拉图觉得这是个好主意，于是决定试一试。

"埃庇米尼得斯，你是个说谎的人吗？"

"当然不是。"埃庇米尼得斯答道。

柏拉图觉得这个方法行得通，也一下明白了该问他什么问题。

"你的话是假话吗？"

"是的，是假话。"

"那么你说的就是真话，我可以通过这里了！"柏拉图得意地说。

"我说的不是真话，是假话！"埃庇米尼得斯感到有些措手不及。

"如果你说的是假话，那么这句话就是真话，我就可以通过；如果你说的不是假话，那么你说的自然就是真话，我照样可以通过。你想想对不对？"柏拉图总结道。

埃庇米尼得斯陷入沉思，但他越想越糊涂。如果是真的那就是假的，如果是假的那就是真的，那么……那么……这实在是太混乱了。当埃庇米尼得斯冥思苦想的时候，柏拉图和乌龟已经大摇大摆地穿过了大厅，从后门出去了。

外面是一望无际的大草原，草原上空的云中飘着一座极为华丽的宫殿。

　　"那里，"乌龟说，"就是'真理'的家。现在，你只需要经历最后一个挑战，就能见到它了。"

　　"但要怎样，才能到达云端呢？"

　　"我帮不了你，但它们可以。"乌龟指向一架战车，它像变魔术般出现在草原上。

　　拉着战车的是两匹骏逸的飞马，一黑一白，正在争吵。

　　"要想见到'真理'，你就得驾驭这架战车。那匹白色飞马是'理性'，它很听话，但是不够强壮，只靠自己不能飞到云端。因此，这就需要另一匹飞马——'感性'，它非常强壮，但性子很烈。"

"怎么说？"

"'感性'有时会让你产生幻觉，比如当你害怕或是站在阴影里的时候，你会看到怪物。'感性'也会和你耍花招，比如有时你不愿接受你不喜欢的事实。如果你想见到真理，你就必须让它们俩合作。"

说罢，乌龟就头也不回地转身离去。柏拉图从没驾驭过战车，他向乌龟追去，喊道："等等！别丢下我一个人！"

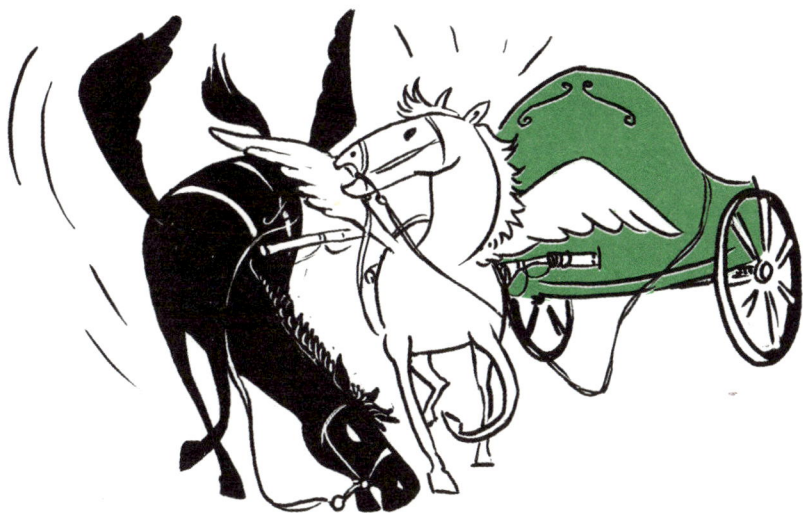

但乌龟没有停下，而且不管乌龟爬得多慢，柏拉图也追不上它，就像阿喀琉斯那样。最终，柏拉图不得不面对自己被丢下的事实，垂头丧气地向战车走去。

柏拉图刚爬上战车，飞马一下子就直立起来，展开它们宽大的双翼，像两支箭一样射向天空。柏拉图只得听任飞马摆布，在陆地上跟

着乌龟时，他还有办法应付各种情况，但现在他飞在空中，完全不能驾驭这两匹飞马。

它们一个飞向天空，一个朝向大地。当它们终于发现它们正朝向两个相反的方向时，又大声争吵起来。结果，柏拉图只能被它们拉来晃去的，毫无办法。他这才明白他的老师苏格拉底为什么要说，通向真理的道路充满困难，只有经过年复一年的训练才能去尝试。

与此同时，白色飞马变得越来越虚弱，而黑色飞马像着了魔一般，拼命将战车向下拽，仿佛想要把战车摔碎在地面上。距离地面越来越近，柏拉图绝望地大喊，然后……

……然后，他就在树下醒来了。他的老师苏格拉底，正一脸困惑地看着他。

"看你喊得那么大声，你一定是做噩梦了。"苏格拉底说。

柏拉图什么也没说，就一把搂住了苏格拉底的脖子。他的老师疑惑地看着他，说："这么亲热，你是想干什么？"

"我明白你之前说的是对的了，尝试寻找真理真的太危险了！我发誓再也不问愚蠢的问题，也绝不再驾驭由两匹飞马拉着的战车了！"

　　苏格拉底并不清楚战车是怎么一回事，但在他看来，自己的学生在小睡之后，头脑清醒了。苏格拉底设法挣脱了拥抱，摸着柏拉图的头说："很好，虽然不知道是怎么回事，但你今天学到了两件很重要的事情。第一，寻找真理是很困难的，学习不能太心急。第二……"

　　"第二？"柏拉图追问。

　　"没有什么比小睡一觉更能让人理清想法了。来吧，现在我们继续上课。"

这个故事全部是虚构的。不过，自从那天起，柏拉图一直遵循苏格拉底的教诲，不再抗议他的教学方法。很多年以后，他也像苏格拉底一样，成了一位大哲学家，一辈子都在寻找真理。或许他最终没能找到，但在追寻真理的过程中，他已经非常出色了。直到今天，大家还在阅读和研究他写的书，这些书也鼓舞和启发了无数的人们，继续向真理前进。

柏拉图是谁？

柏拉图，苏格拉底所有学生当中最聪明、最有名的一个。在他的老师死于监狱后，柏拉图决定把老师讲课的内容记录下来，编辑成书。

因为苏格拉底生前一直忙于教学，没有时间写作，所以他什么文字都没有留下来。我们今天读的这个故事和很多其他故事，都是因为柏拉图的记录才得以保存下来。柏拉图记录了苏格拉底和其他人的谈话内容，并在这些谈话中体现出了苏格拉底的思想。

哲学家是什么？

这个问题有许多答案，从古希腊人的时代起，一直到今天，学者们都还没能达成一致意见。哲学家原本的字面意思是"智慧的朋友"，指的是那些试图回答很难的问题的人。这些问题比如："什么是正确的，什么是错误的""事物的本质是什么"以及"人死了之后会发生什么"等等。

最早的哲学家诞生在古希腊。如今，柏拉图的时代已经过去很久了，但哲学家提出的很多问题还是没有答案。也许，加上一点运气，你有可能会找到这些答案，谁又说得准呢？

这个故事的灵感，其实来源于很多古代哲学家的思想。这些哲学家生活的时代比苏格拉底和柏拉图更早，其中最优秀也最出名的是芝诺（他是第一个讲述阿喀琉斯和乌龟的故事的人）和高尔吉亚。但是，关于他们的记载很少，但多亏了柏拉图的一个学生——亚里士多德，我们才能看到他们的相关故事。

逻辑是什么？

就像故事里乌龟所讲的那样：这是一门研究语言的科学。通过研究语句，试图理解它们到底是对是错。今天我们所说的逻辑，既是数学，也是哲学。相比柏拉图的时代，我们已经有了很大的进步。其中，人们也解决了人总爱说假话的问题，由此诞生了信息科学，这也是电脑技术的根基。同其他很多事情一样，逻辑也是从古希腊时期开始渐渐发展起来的。而它的公认的奠基人就是柏拉图的学生——亚里士多德。这本书中的很多故事，都来自他的著述。

悖论是什么？

这个词来源于古希腊语，意思是"违背常识"。它通过正确的推理，却能得出令人难以置信的结论。比如"人是有角的"，或者"世界上跑得最快的人追不上乌龟"。悖论意味着，要么推理的前提是错的（比如"人长角"的例子），要么有与问题相矛盾的地方（比如"阿喀琉斯追不上乌龟"的例子），或者我们的推理或是语言表述中确实存在大问题（比如"一直说假话的埃庇米尼得斯"的例子）。

那两匹飞马是什么？

在故事中，它们代表"理性"（这有点像是智慧的另一种说法，它从不出错，对一切一视同仁，但没有人知道它是怎样的存在，甚至不确定它是否真的存在）和"感性"。它们是我们认识世界的两个工具，就像拉车的两匹马一样。柏拉图赞成"理性"，他认为：长在脑袋上的眼睛，可能会看到假象；而心灵的眼睛，能够洞察真理。柏拉图之后的很多哲学家都不同意他的观点，但直到今天，也仍然没有定论。这也再次说明，这是一个值得反复深思的事情。

诡辩家是什么？

他们是一群有些特别的哲学家，对真理不感兴趣，只喜欢说服人们去相信那些最难以置信的事情。他们不断练习论证一切，反驳一切，因为诡辩是个十分便利的技能。诡辩家向富人传授诡辩术，能赚到一大笔钱。其他的哲学家都看不起诡辩家，在他们看来，诡辩就是歪门邪道。然而诡辩家们可不这么想，他们觉得正确和错误就像好和坏，只是观点而已。